चित्रांकन: बेदी
लेखक: अनसार अख़्तर
हवलदार बहादुर और मस्तान डाकू
एक रात—
खर्र... खर्र...!
इनके खर्राटों से मैं तंग आ चुकी हूं। सारी रात खुर्राते रहते हैं।
तंग आकर चम्पाकली ने तकिया हवलदार बहादुर के ऊपर दे मारा और चिल्लाई —
चुप करो।
उई... ई... छ... छत गिर गई।
होश की बात करो। मैंने तकिया मारा है फेंककर।
क... क्यों मारा?
अगर तुमने अपने खर्राटे बंद नहीं किए तो अगली बार बेलन ठूंस दूंगी तुम्हारी नाक में। समझे!
हे भगवान! इस घर में तो मैं चैन से सो भी नहीं सकता।
लेट जाओ चुप करके।
ले... लेटता हूं।

तभी–
जागते रहो।
ओह! इस चौकीदार ने तो चिल्ला चिल्लाकर नींद हराम कर दी।
भाड़ में जाओ।
हवलदार ने खिड़की खोलकर बाहर झांका।
जागते रहो।
अबे ओय, यह क्या शोर है?
शोर? कहां है शोर साब जी?
अबे, यह जो तू मचा रहा है, इसे भी शोर ही कहते हैं। जागते रहो का क्या मतलब होता है?
इस तरह की आवाज़ से चोर-लुटेरे दूर रहते हैं साबजी!
अच्छा, तो तू चोरों को भगा रहा है। अबे घामड़, हमारे होते इस मोहल्ले में कोई चोर नहीं आ सकता। जानता नहीं हम हवलदार हैं।

ज... जानता हूं जी। भला आपको क्यों नहीं जानूंगा। ही-ही-ही!
बंद कर ही-ही-ही और जाकर सो जा। अब अगर आवाज लगाई तो हवालात में बंद करके सड़ा दूंगा तुझे, चल।
चौकीदार बड़बड़ाता हुआ चला गया।
चौकीदार को भगा दिया। अब अगर कोई चोर आ घुसा तो।
हवालात में बंद करके सड़ा दूंगा साले को। तू चुप करके सो जा।
बिस्तर पर लेटकर हवलदार फिर शुरू हो गये थे।
खर्र..., खर्र... पी...।
इनके खर्राटे बंद नहीं हो सकते। मुझे नींद की गोली खाकर सोना पड़ेगा।
चम्पाकली दवाई निकालने के लिए उठी। तभी छत पर एक आवाज हुई।
धम्म!
यह कैसी आवाज थी? जैसे कोई कूदा हो।
फिर—
खट..खट... खट...
हे भगवान! यह तो कोई छत पर चल रहा है... चोर...।
और—
अजी उठो।
क... क्या है?

शी...शी... शी...!
शी...शी...! बावली हो गई है क्या? रात के समय शीशी का क्या करेगी?
आवाज़ बन्द करो। हमारी छत पर चोर है।
च...च...च... चोर...।
हां, चुपचाप जाकर छत पर देखो।
म... मैं नहीं जाता। अगर उसने गोली चला दी तो?
वाह मेरे कागज के शेर। चौकीदार से तो कह रहे थे कि...।
ही-ही-ही! वह तो मैं मजाक कर रिया था। जा, तू ही जाकर देख ले छत पर।
चम्पाकली उठी, रसोई में जाकर अपना बेलन उठाया और छत पर पहुंच गई।
कौन है? रुको।
चम्पाकली तो बेलन चलाने में दक्ष थी।
तड़ाक
आह!

छाया के गिरते ही चम्पाकली ने लपककर उसे दबोच लिया।
कौन है रे तू?
क... क...कोई नहीं बहन जी! जाने दो मुझे।
जाने कैसे दूं? तू पुलिस वाले के घर में चोरी करने आया था। अभी बुलाती हूं अपने हवलदार को।
नीचे कमरे में हवलदार बहादुर राम नाम का जाप कर रहे थे।
बू...हु...हु... रामलला...हे रामलला, मेरी चम्पाकली की रक्षा करना।
अजी सुनते हो। ऊपर आओ, मैंने चोर को पकड़ लिया है।
पकड़ लिया। वाह मेरी शेरनी... अभी आया।
उन्होंने कोने में रखा हुआ अपना डण्डा उठाया।
कहां है चोर? हवालात में बंद करके सड़ा दूंगा साले को।
लो पकड़ो।
पकड़ लिया।

क्या करते हो जी! यहां मार-पीट नहीं चलेगी। मैंने चोर पकड़ दिया है। अब तुम इसे थाने पहुंचा दो।
यह भी ठीक है। थाने ले जाकर इसकी दुम में नमदा कसूंगा। हवालात में बंद करके सड़ाऊंगा साले को। चल बे उठ।
और हवलदार चोर की गुद्दी थामकर थाने लेकर चल दिये।
साहब! मेरी बात तो सुनो। मैं चोर नहीं हूं।
फिर क्या है, थानेदार?
चोर चलते-चलते अचानक नीचे बैठ गया।
अबे ओय...।
हवलदार के हाथ से उसकी गर्दन छूट गई थी। तुरन्त ही वह उठा और-
अबे रुक जा, पकड़ो, चोर...।
उनका शोर सुनकर चोर तो नहीं रुका, मगर चौकीदार उधर आ निकला।
अरे, हवलदार बहादुर जी! किसने पटक मारा आपको?
च...चोर...था।
चोर! आपके होते हुए मोहल्ले में चोर कैसे आ गया और आपको पटखनी भी दे गया ससुरा?
ही-ही-ही! कभी-कभी ऐसा हो जाता है।

मगर एक बात सुन। यह चोर और पटखनी वाली बात किसी से कहियो मत। अगर यह राज खुला तो तुझे हवालात में बंद करके सड़ा दूंगा।
ही-ही-ही! बिल्कुल नहीं कहूंगा जी। अब आप घर जाइये। मैं पहरा देता हूं यहां।
हवलदार बहादुर वापस घर आ गये।
बड़ी जल्दी लौट आए थाने से। क्या बना चोर का?
उ...उसे मैं गश्त पर निकले दो सिपाहियों के हवाले कर आया हूं। अब सो जा।
सुबह जब हवलदार बहादुर थाने पहुंचे तो इंस्पेक्टर खड़गसिंह ने उन्हें बुलाया।
हवलदार बहादुर हाजिर है सर!
तुम्हारी ड्यूटी आज रेलवे स्टेशन पर रहेगी हवलदार बहादुर। प्लेट फार्म पर घूमते हुए जरा आंखें खुली रखना। खबर मिली है कि कुछ आतंकवादी रेलवे स्टेशन के आस-पास देखे गये हैं।
आप चिंता न कीजिए सर! मेरे होते रेलवे स्टेशन पर कोई गड़बड़ नहीं हो सकती। आतंकवादी तो मेरे नाम से ही कांपते हैं। ही-ही-ही!
ठीक है, ठीक है। अब जाओ अपनी ड्यूटी पर।
हवलदार के जाने के बाद खड़गसिंह को अपने एक मुखबिर से फोन पर सूचना मिली।
साहब। गाजियाबाद का कुख्यात डाकू मस्तानसिंह हमारे शहर में आया हुआ है। उसके तीन साथी भी आए हैं। ये सभी मेकअप करके हुलिया बदल लेने में दक्ष हैं। हो सकता है, ये लोग यहां कोई वारदात करने के इरादे से आए हों।
सूचना के लिए धन्यवाद। मैं पुलिस फोर्स को एलर्ट करता हूं।
अच्छा साहब! और कोई खबर मिली तो सूचित करूंगा।

लेकिन पुलिस फोर्स के एलर्ट होने से पहले ही मस्तानासिंह अपने दो साथियों के साथ वारदात करने निकल चुका था।
मस्तान उस्ताद! अगर हम शांति को भी साथ ले आते तो उससे भी काम ले सकते थे।
नहीं जोरावर! शांति का काम तब शुरू होगा, जब हम अपना काम कर चुके होंगे। हमसे अलग रहकर वह हमारी ज्यादा मदद कर सकती है।
मस्तान का तीसरा साथी शबीर बोला-
उस्ताद ठीक कह रहे हैं जोरावर! शांति से हमें एक दूसरा काम लेना है।
फिर ठीक है। तुम दोनों मुझसे ज्यादा समझदार हो।
तीनों एक पार्किंग लॉन के निकट पहुंचे।
तुम दोनों यहीं रुको। मैं कोई गाड़ी चुराकर लाता हूं।
जाओ।
कुछ ही देर में मस्तान एक गाड़ी ड्राइव करता हुआ आ गया।
PARKING
आ जाओ।
और फिर उनकी गाड़ी शहर के मशहूर जौहरी चरणदास एण्ड संस के शो रूम के सामने रुकी।
CHARAN DAS & SONS JEWELLERS
गाड़ी से उतरकर वे शो रूम में प्राविष्ट हुए।
आइये सर!

सेठ साहब! हम महाराजा ऑफ जूनागढ़ के यहां से आए हैं। रानी साहिबा कुछ हीरे खरीदना चाहती हैं। आपके पास अच्छी क्वालिटी के हीरे हैं?
एक से एक अच्छा हीरा मिलेगा साहब!
तो जरा दिखवाइये। अगर हमें हीरे पसंद आ गये तो फिर हम रानी साहिबा को फोन करके बुला लेंगे।
अभी दिखाता हूं जी!
कुछ ही देर में सेठ ने काउंटर पर कीमती हीरों का ढेर लगा दिया।
ऐसे हीरे आपको पूरी मार्केट में नहीं मिलेंगे। हे...हे...हे...!
आप ठीक ही कह रहे हैं।
जोरावर टहलता हुआ दूसरे काउंटर पर पहुंच गया और–
ओह!
यह क्या है?
मस्तान ने जोरावर को आँख से कुछ इशारा किया था।
यह पिस्तौल है सेठ! अगर तुमने शोर मचाने की कोशिश की तो गोली मार दी जायेगी।
बू... हु... हु...!
शबीर ने जेब से थैली निकाली और हीरे उठा कर उसमें भर दिये थे।
चलो।
तुम दोनों बाहर चलो। मैं आता हूं।

मस्तान ने अपनी जेब से ज़ंजीर में पड़ी हुई एक घड़ी निकाली।
सेठ! यह घड़ी एक खतरनाक बम है। जो आवाज की लहरों के दबाव से फटता है। अभी मैंने इसका बटन नहीं दबाया है। बटन दबाने के बाद यह लॉकेट मैं तुम्हारे गले में पहना दूंगा। उसके बाद तुमने या तुम्हारे साथी ने मुंह से कोई आवाज निकाली या शोर मचाया तो यह बम फट जाएगा और तुम्हारे साथ यह शोरूम भी उड़ जाएगा, लेकिन अगर तुम पन्द्रह मिनट तक खामोश रहे तो यह बम स्वयं ही बेकार हो जायेगा।
फिर मस्तान ने घड़ी का एक बटन दबाकर लॉकेट सेठ के गले में पहना दिया...
...और खुद बाहर निकल गया।
सेठ को ऐसा उल्लू बनाकर आया हूं कि पन्द्रह मिनट से पहले किसी को चोरी की सूचना ही नहीं दे सकेगा। और इतनी देर में हम यहां से दूर निकल चुके होंगे। हा-हा-हा!
तुम्हारी बुद्धि का भी जवाब नहीं है उस्ताद!
BANK
पन्द्रह के बजाय बीस मिनट बाद सेठ चरणदास बोलने का साहस जुटा पाया था।
चोर-चोर।
चोर तो दूर जा चुके होंगे सेठजी! अब तो पुलिस को फोन करो।
सेठ ने पुलिस को तुरंत फोन किया...
शोरूम में पहुंचकर इंस्पेक्टर खड़गसिंह ने सेठ के गले में पड़े हुए लॉकेट को ध्यानपूर्वक देखा।
चोर आपको बेवकूफ बना गये सेठजी! यह बम नहीं, बल्कि मामूली घड़ी है। उनके निकलते ही आप शोर न मचा दें, इसलिए उन्होंने यह चाल चली होगी।
हे राम... हम तो लुट गये।

तफ्तीश के बाद इंस्पेक्टर वापस थाने लौट आया था और अब अपने सहायकों को आदेश दे रहा था।
यह काम मस्तानसिंह और उसके साथियों का ही है। पूरे शहर की नाकेबंदी कर दी जाए और अपराधियों के सभी अड्डों पर रेड की जाए। मस्तानसिंह को हर हाल में गिरफ्तार होना चाहिए।
यस सर!
पूरे शहर की पुलिस मस्तानसिंह को ढूंढ़ने के लिए सक्रिय हो गई थी।
पीं...पीं...!
पीं...पीं...!
लेकिन कुछ उचक्के अपना काम करने में व्यस्त थे।
म... मेरा पर्स!
राहगीरों ने तुरन्त ही भागते हुए उस उचक्के को दबोच लिया।
साले, पर्स छीनकर भाग रहा था।
छ...छोड़ दो।
एक दूसरे क्षेत्र में भी ऐसी ही घटना घटी थी। एक लुटेरा किसी महिला के गले से चेन खींचकर भागा। महिला ने शोर मचाया और पुलिस के गश्ती दल ने लुटेरे को दबोच लिया।
इंस्पेक्टर खड़गसिंह काफी क्रोध में था।
क्या हो रहा है? चारों तरफ लूट-मार मची हुई है, क्यों?
पता नहीं सर! ऐसा लगता है, जैसे शहर के सारे लुटेरे योजना बनाकर एक साथ वारदातें करने निकले हैं।

उधर हवलदार बहादुर रेलवे प्लेटफार्म पर डण्डा बजाते फिर रहे थे।
यह संदूक किसका है?
खट... खट...!
अबे ओय, संदूक को हाथ मत लगाइयो।
कौन है वहां? सामने आओ।
लो आ गया। ओह! आप तो पुलिस वाले हैं। ही-ही-ही! मैं समझा कोई चोर मेरे संदूक को छू रहा है।
ओय गुटके। यह इतना बड़ा बक्सा तेरा है?
चोंच संभालकर बात करो हवलदारजी! मैं छोटा जरूर हूं, मगर गुटका नहीं हूं। तुम्हें मेरा मजाक उड़ाने का कोई अधिकार नहीं है।
अबे बालिश्तिए। अब मैं तुझे क्या कहूं। होता कोई लम्बा-चौड़ा तो बताता कि पुलिस की चोंच कैसे बंद होती है। चल संदूक संभाल अपना।
हवलदार कुछ आगे बढ़े तो एक जगह एकत्र भीड़ देखी।
आंय! वहां क्या हो रहा है?
ओय, हटो एक तरफ देखने दो।
पुलिस आ गई।

क्या हो रहा है यहां?
साहब यह बोरी यहां बहुत देर से पड़ी हुई है।
यानी लावारिस वस्तु? इसमें तो बम हो सकता है।
बम!
भागो।
अरे बाप रे!
अबे तो डर क्यों रहे हो? हवलदार बहादुर तुम्हारे साथ हैं। यहीं खड़े रहो सब।
और अगर बम फट गया तो?
अबे ओय, यह डंडा देखा है। एक पड़ गया तो खोपड़ी खरबूजे की तरह फट जायेगी तेरी। साले, अफवाह फैलाता है।
मगर साहब, अभी आपने ही तो कहा था कि इसमें बम हो सकता है।
अगर मैं कहूं कि इस बोरी में हाथी बंद है तो तू मान लेगा मेरी बात?
न...नहीं...जी...बोरी मे हाथी कैसे आ सकता है?
ही-ही-ही!

तो इसका मतलब यह हुआ कि मैंने गलत कहा था।
हां जी।
तेरी तो ऐसी-तैसी, पुलिस को झूठा बताता है साले। हवालात में बंद करके सड़ा दूंगा।
स...साहब, मेरी बात तो सुनिए।
कोई बात नहीं सुनी जाएगी। चल, यह बोरी खोल और देख इसमें बम है या हाथी?
म...मैं नहीं खोलूंगा जी! यह तो आपका काम है। आप पुलिस हैं।
वहां एकत्र दूसरे लोग भी उस व्यक्ति के पक्ष में बोल उठे।
यह काम आपका है थानेदार जी!
आप बोरी उठाकर पुलिस स्टेशन ले जाइये।
या फिर किसी बहादुर पुलिस वाले को बुलाकर बोरी खुलवाइये।
अबे पूरी पुलिस फोर्स में हमारे जैसा बहादुर और कोई नहीं है। हमारा तो नाम ही हवलदार बहादुर है। देखो, हम खोलते हैं बोरी।
तो फिर खोलिए।

हवलदार बहादुर बोरी की ओर बढ़े और वहां खड़ी भीड़ दूर-दूर हट गई।
अगर इसमें सचमुच बम हुआ तो क्या होगा? बेकार ही पब्लिक के सामने बहादुरी की डींग मार दी। उल्लू का पट्ठा हूं मैं।
हवलदार जी, खोलो न।
हवलदार बहादुर ने हिम्मत जुटाकर बोरी के मुंह पर बंधी डोरी खोल डाली।
रक्षा रामजी!
और जैसे ही बोरी का मुंह खुला—
उई... ई... ई...!
बुफ!
कुत्ता दौड़कर गायब हो गया था।
य...यह क्या था?
हा-हा-हा!
ही-ही-ही!
हवलदार ने वहां से खिसक लेने में ही भलाई समझी थी।
साले मज़ाक उड़ा रहे हैं। यह किसी शरारती लड़के की हरकत होगी। कुत्ते को बोरी में बंद करके यहां छोड़ गया। साला कुत्ता भी खुराफाती था। बोरी में बंद था, मगर एक बार भी हिला नहीं और न ही भौंका।

दस मिनट बाद—
फिर वैसी ही भीड़! देखता हूं, यहां क्या मामला है?
क्या बात है? भीड़ क्यों लगा रखी है?
हवलदार जी! यहां एक लावारिस टीन का कनस्तर पड़ा हुआ है।
हटो, मुझे देखने दो।
उसे हाथ न लगाना हवलदार जी!
क्यों, करंट मारेगा यह?
म... मेरा मतलब था, क्या पता उसमें कोई बम वगैरह हो। आप पहले थाने फोन करके बम विशेषज्ञों को बुलवा लें तो ठीक रहगा।
हम खुद बहुत बड़े विशेषज्ञ हैं बे, बम वगैरह की दुम।
कहकर...

और उस व्यक्ति ने हवलदार बहादुर के कनस्तर खोलने से लेकर बम देखकर डरकर भागने तक की पूरी बात बता दी।
तुमने बहुत गैर जिम्मेदाराना हरकत की है हवलदार मैं तुम्हारे अफसरों से इसकी शिकायत करूंगा।
सब मेरे ही दुश्मन हैं।
हवलदार बहादुर की हरकत की जानकारी इंस्पेक्टर खड़गसिंह को मिल चुकी थी। जब हवलदार बहादुर उसके सामने पहुंचे।
क... क्या हुआ सर? आपकी तबीयत तो ठीक है ना?
निकल जाओ मेरे कमरे से।
तबीयत तो अब तुम्हारी खराब होगी। स्टेशन पर जो हरकत करके आए हो, उसकी सूचना मुझे मिल चुकी है। और मैंने तुम्हारे सस्पेंड आर्डर भी मंगा लिए हैं। यह लो, और दफा हो जाओ यहां से तुम्हें तीन महीने के लिए सस्पेंड किया जाता है।
फिर सस्पेंड।
कुछ देर बाद हवलदार बहादुर थाने से मुंह लटकाए बाहर निकले।
भगवान ही खटिया खड़ी करेगा इस खड़गसिंह की। मुझे सस्पेंड करने के अलावा और कोई काम ही नहीं है इसे। सिपाही रामधन बता रहा था कि मस्तान डाकू ने शहर में कोई वारदात की है। खड़गसिंह उसे पकड़ नहीं सका और सारा गुस्सा मुझ पर निकाल दिया मूर्ख ने।
चम्पाकली के सामने जाने से पहले उन्होंने अपना मूड ठीक कर लिया और मुस्कराते हुए घर में प्रवेश किया।
अरी ओ भागवान! तू कह रही थी न कि मैं तुझे कहीं सैर-सपाटे के लिए नहीं ले जाता। पूरे तीन महीने की छुट्टी ले आया हूं आज। खूब सैर-सपाटे कराऊंगा तुझे!
जरूर सस्पेंड कर दिये गये होंगे।

सत्यानाश! यह तो मुझसे भी बड़ी जासूस बन गई है। लिफाफा देखकर ही जान लेती है कि पत्र में क्या लिखा होगा। अब इसे बोलने का दौरा पड़ेगा।
मैं तो कहती हूं छोड़ दो यह हवलदारी। रोज-रोज अफसरों के जूते खाने से अच्छा तो यह होगा कि पान की दुकान खोलकर बैठ जाओ।
लेकिन अगली सुबह जब हवलदार बहादुर चम्पाकली को सैर के लिए लेकर निकले तो उसका मूड ठीक हो चुका था।
कहां-कहां घुमाओगे जी?
पूरा शहर घुमा दूंगा मेरी रानी। बढ़िया होटल में खाना भी खिलाऊंगा।
तफरीह करने के बाद दोपहर के खाने के लिए वह एक अच्छे से रेस्टोरेंट में पहुंचे।
चल, उधर फैमिली केबिन में बैठते हैं।
नहीं, हम बाहर ही बैठेंगे। छोटे से कमरे में मुझे घुटन होती है।
एक मेज पर जमने के बाद हवलदार बहादुर ने हांक लगाई।
वेटर...!
धीरे बोलो ना पगला गये हो क्या?
वेटर हड़बड़ा कर दौड़ा चला आया था।
यस सर!
क्या-क्या खाना मिलता है तुम्हारे यहां?
तंदूरी चिकन, चिकन कोरमा, चिकन टिक्का, चिकन बिरयानी, चिकन साग वाला, मीट कोरमा, मीट पुलाव, भुना हुआ तीतर, क्या लाऊं साहब?

और कुछ नहीं मिलता?
मिलता है जी! शामी कबाब, सीख कबाब, रोगन जोश, कोफ्ते, पालक पनीर, मलाई कोफ्ता, दही बड़े और मा की दाल।
ठीक है। एक प्लेट मा की दाल और छः रोटियां ले आ जल्दी से। ठण्डा पानी साथ लाइयो और नीबू का अचार भी।
जा, दौड़ जा अब
बेवकूफ कहीं का!
बेचरा चला गया था।
तुम तो कह रहे थे बढ़िया होटल में खाना खिलाओगे, और मंगवाई है दाल।
मैंने खाना खिलाने की बात कही थी। और दाल को भी खाना ही कहा जाता है। ही-ही-ही!
तभी —
ओह! बड़ी सुन्दर महिला है यह?
क्या कहा?
वह महिला एक फैमिली केबिन में चली गयी थी।
अब उधर आंखें फाड़-फाड़कर क्या देख रहे हो? वह तो गई पर्दे के पीछे।
ही-ही-ही! मैं तो बस ऐसे ही देख रहा था।

तभी बेयरा उनकी दाल-रोटी ले आया।
लो जी अपना खाना।
रख दे, रोटी गर्म लाया है न?
खाना खाने के बाद हवलदार बहादुर और चम्पाकली घर वापस लौट आए।
बहुत मजा आया न आज?
चुप रहो। और खबरदार जो फिर मुझे कहीं घुमाने ले गये तो। कंजूस कहीं के।
भगवान् ने औरत की बुद्धि भी उल्टी ही बनाई है। और अपनी इस चम्पाकली को तो बुद्धि देना भूल ही गया है। इसे मजा ही नहीं आया। मुझेतो बढ़िया खाना खाकर नींद आ रही है।
शाम को चम्पाकली ने उन्हें जगाया।
अजी उठो, बड़ी गड़बड़ हो गई है।
आंय, क्या हो गया भागवान?
मेरा बटुआ खो गया है। उसमें पूरे महीने के घर खर्च के पैसे थे।
क्याsss? बटुआ खो गया। अब मैं खाऊंगा क्या? कहां खोया तूने बटुआ?

दोपहर जब होटल में खाना खाने गये थे, तब तक तो मेरे पास था। मुझे लगता है, वह होटल में ही गिरा है। तुम जरा जाकर देख आओ न होटल में।
बकवास बंद कर। दोपहर का गिरा हुआ बटुआ अब कहां से मिलेगा। होटल में सैकड़ों आदमी आते है। कोई ले गया होगा उठाकर।
लेकिन एक बार जाकर देखने में क्या बुराई है। हो सकता है, होटल के ही किसी कर्मचारी को बटुआ मिला हो और उसने काउंटर पर जमा करा दिया हो।
ठीक है। कल सुबह जाकर पूछ आऊंगा। अब सोने दे मुझे।
अगली सुबह-
सुनो भाई, कल हम अपनी श्रीमती जी के साथ तुम्हारे होटल में लंच करने आए थे। वापस जाते हुए हमारी मैडम अपना बटुआ यहीं भूल गई थीं। क्या बटुआ तुम्हारे किसी कर्मचारी को मिला है?
हमारे पास तो किसी ने बटुआ जमा नहीं कराया।
मगर हमारी मैडम ने बटुआ यही खोया है। वह वेटर कहां है, जो उस तरफ की मेजों पर सर्विस कर रहा था?
वह तो आज छुट्टी पर है, कल सुबह आएगा।
तभी-
ओह! यह तो कल वाली सुन्दरी है।

महिला सीधी उसी फैमिली केबिन के भीतर चली गई।
आज चम्पाकली साथ नहीं है। उस रूपवती को दोबारा देखने से मुझे कोई नहीं रोक सकता।
हवलदार बहादुर केबिन के सामने एक टेबल पर जा बैठे।
वेटर को महिला के केबिन में चाय लेकर जाते देखकर हवलदार ने भी अपने लिए चाय मंगा ली थी।
काश, हमारी चम्पाकली भी ऐसी ही सुन्दर होती।
लगभग आधे घण्टे बाद केबिन से वह महिला बाहर निकली।
आंय! यह बूढ़ी कैसे हो गई? साड़ी और पर्स तो वही है।
FAMILY CABINS
इधर-उधर देखे बिना ही महिला होटल से बाहर निकल गई थी। उसके जाने के बाद हवलदार ने उठकर केबिन में झांका।
यहां तो कोई नहीं है। मतलब उस सुन्दरी ने यहां बैठकर बूढ़ी औरत का रूप बनाया और बाहर चली गई। मगर क्यों?
हवलदार बहादुर पलटकर तेजी से बाहर आए, लेकिन वह महिला भीड़ में गायब हो चुकी थी।
पता नहीं कहां चली गई? बड़ी रहस्यमय महिला थी।
GARMENT HOUS

अगली सुबह हवलदार फिर उस होटल में पहुंचे। उनका मकसद उस वेटर से मिलना था, जो कल छुट्टी पर था।
आइए साहब, आइए। आज क्या खायेंगे?
हम कुछ खाने नहीं आए हैं, बल्कि वह बटुआ लेने आए हैं, जो हमारी धर्मपत्नी परसों यहां भूल गई थीं। क्या तुम्हें वह बटुआ मिला था?
मुझे कोई बटुआ नहीं मिला साहब! अगर मिलता तो मैं उसे काउंटर पर जमा करा देता।
फिर बटुआ कहां गया?
मुझे क्या पता साहब!
तभी—
ओह, वही सुन्दरी।
युवती सीधी उसी केबिन में चली गई। और हवलदार भी बाहर एक टेबल पर जम गये।
देखता हूं, आज यह क्या बनकर बाहर निकलती है।
आधे घण्टे बाद—
FAMLY CABINS
ओह! आज हिप्पी बन गई है।

आज हवलदार बहादुर ने केबिन में झांक कर समय नष्ट नहीं किया और सीधे महिला के पीछे बाहर निकल आए।
इसका पीछा करके देखना होगा कि यह रोज नया रूप बनाकर कहां जाती है।
महिला कुछ दूर पैदल चलती रही। फिर एक आटो रिक्शा रोककर उसमें सवार हो गई।
ओह! मुझे भी आटो रिक्शा लेना होगा।
उन्हें भी एक खाली आटो रिक्शा मिल गया।
उस आटो का पीछा करो, जल्दी।
ठीक है जी!
सरदार जी ने आटो रिक्शा तेज दौड़ाया और महिला के आटो रिक्शा के बराबर पहुंच गये।
क्या करते हो सरदारजी! पीछे करो अपना रिक्शा।
ठीक है जी!
सरदार जी ने आटो रिक्शा की गति कम कर दी और मुस्कराये।
ओय बाऊ! बंदा तो तू शरीफ लगता है। फिर उस छोकरी का पीछा क्यों कर रहा है?
मैं सरकारी आदमी हूं सरदारजी! तुम चुपचाप गाड़ी चलाते रहो।

दोनों आटो रिक्शा विभिन्न मार्गों से गुजरते रहे। फिर महिला का आटो रिक्शा एक सड़क पर घूम गया।
इस तरफ तो सेन्ट्रल जेल है।
BANK OF JHARODA
JAIL ROAD
JAIL ROAD
अचानक–
क्या हुआ सरदार जी! रिक्शा क्यों रोका?
घर्र...गुर्र... ...पिट...फुट ...पटाख
इंजन बिगड़ गया है बाऊ! अब स्टार्ट नहीं होगा। तुम यहीं उतर जाओ।
सत्यानाश। अब मैं उसका पीछा कैसे करूं? यहां तो और कोई आटो रिक्शा भी नहीं है।
ही-ही-ही ! क्यों परेशान होते हो बाऊ? रिक्शा नहीं है तो क्या हुआ? शहर में छोकरियां तो बहुत हैं, किसी दूसरी के पीछे लग जाओ।
ओय शटअप! मैं पुलिस हवलदार हूं। बकवास की तो हवालात में बंद करके सड़ा दूंगा।

महिला का आटोरिक्शा दूर जाकर गायब हो चुका था। हवलदार बहादुर झल्लाते हुए वापस चल दिये।
सरदार जी के रिक्शा ने गड़बड़ कर दी, वरना आज उस सुन्दरी का राज जान ही लेता मैं।
अगली सुबह हवलदार बहादुर फिर उसी होटल में पहुंचे। और उनका अनुमान ठीक निकला। अपने निर्धारित समय पर वह महिला होटल में आई...
आज तो तेरा राज जानकर ही रहूंगा।
...और सीधी केबिन में चली गई।
आधे घण्टे बाद-
ओह ! आज बुर्का पहनकर जा रही है।
हवलदार उठकर उसके पीछे लग गये। बाहर आकर महिला ने आटो रिक्शा पकड़ा। हवलदार भी एक आटो रिक्शा में सवार हो गये। आज भी महिला का रिक्शा जेल रोड पर मुड़ गया।
आज भी उधर ही जा रही है।
DR. LATKA RAM
फिर हवलदार यह देखकर हैरान रह गये थे कि सेन्ट्रल जेल के सामने वह आटो रिक्शा से उतरी और जेल के फाटक की ओर बढ़ गई।
ओह ! यह तो जेल के भीतर गई है। जरूर कोई चक्कर है।

हवलदार बहादुर तुरन्त निकट के फोन बूथ मे पहुंचे और कमिश्नर साहब का नम्बर मिलाया।
सर! मैं हवलदार बहादुर बोल रहा हूं। इंस्पेक्टर खड़गसिंह मेरी बात सुनने के लिए तैयार नहीं होते, इसलिए आपको फोन किया है।
क्या बात है हवलदार बहादुर? कहो, मैं सुन रहा हूं।
हवलदार ने उस बहुरूपी महिला के बारे में विस्तार से बताने के बाद कहा-
सर! इस समय भी वह सेंट्रल जेल के भीतर ही है। शायद किसी अपराधी से मिलने आती है। आप उसे गिरफ्तार करा लीजिए।
अच्छा, मैं देखता हूं। तुम वहीं रुकना। मैं खुद आ रहा हूं।
दस मिनट बाद कमिश्नर साहब की जीप जेल के सामने पहुंच गई।
सर!
हवलदार बहादुर! मैंने जेल में फोन करके उस महिला को रोकने के लिए आदेश दे दिये थे। आओ, भीतर चलकर देखते हैं, क्या चक्कर है?
जेल के कमरे में वह महिला मौजूद थी।
यही है साहब! परसों यह बूढ़ी औरत बनकर निकली थी और कल हिप्पी बनी थी और आज मुसलमान औरत बनकर यहां आई है।
हवलदार बहादुर की बात सुनकर महिला का चेहरा पीला पड़ गया था। और कमिश्नर साहब ने उसे डांट लगाई।
कौन हो तुम और भेष बदलकर जेल में क्यों आती हो? सच-सच बता दो, वरना मुझे सख्ती करनी पड़ेगी।
न... नहीं साहब! मैं सबकुछ बता दूंगी।

फिर उसने बताया।
साहब! मेरा नाम शांति है। मस्तान डाकू के लिए काम करती हूं। मस्तान और उसके दो साथियों ने शहर में चोरी करने के बाद खुद को पुलिस से छुपाने की यह तरकीब लड़ाई थी। उन तीनों ने रूप बदलकर छोटे अपराध किए और खुद को पुलिस द्वारा पकड़वा दिया।
शाम को कमिश्नर साहब प्रेस कांफ्रेंस में बता रहे थे।
मस्तान और उसके साथियों ने बड़ी चालाकी भरा काम किया था। भेष बदलकर पर्स छीनने और चेन खींचने जैसे मामूली अपराध में जेल में बंद हो गये। जहां उनको ढूंढ़ने का पुलिस का विचार ही नहीं आ सकता था। उनकी साथी महिला रोज नया रूप बनाकर उनमें से एक को...
...मिलने आती थी और बाहर की स्थिति की जानकारी दे देती थी, मगर हमारे एक समझदार और चालाक हवलदार बहादुर सिंह की नजरों से यह महिला शांति छुप नहीं सकी। हवलदार बहादुर ने तीन दिन तक उसका पीछा किया और उसे गिरफ्तार कराने में सफलता पाई। मस्तान और उसके साथियों की योजना यह थी कि तीन-तीन महीने की सजा काटकर जब जेल से बाहर निकलेंगे, तब तक हीरों की चोरी के मामले में पुलिस उनकी तलाश बंद कर चुकी होगी और वह हीरे लेकर आराम से इस शहर से बाहर चले जायेंगे, मगर हवलदार बहादुर ने उनकी इस योजना पर पानी फेर दिया।
खड़गसिंह ने बुरा-सा मुंह बनाकर हवलदार बहादुर की ओर देखा तो वह उसके निकट पहुंच गये।
ही-ही-ही! सर, देखा आपने हम कितने काम के आदमी हैं। मस्तान डाकू को पकड़वा दिया। कमिश्नर साहब ने हमारे सस्पेंशन ऑर्डर भी कैंसिल करा दिये हैं। ही-ही-ही।
पता नहीं क्या चक्कर चलाता है यह मूर्ख। हर मुश्किल केस हल करने का श्रेय खुद ले जाता है।
ही-ही-ही! पाठको! आपने देखा हमारी चम्पाकली के बटुए का कमाल। अगर उनका बटुआ न खोता तो हम दोबारा होटल में न जाते और वहां न जाते तो वह महिला हमारी नजरों में न आती। अब हम खड़गसिंह को क्यों बताएं कि हमने कोई तुक्का नहीं चलाया, बल्कि ससुरा तुक्का खुद ही आकर हमसे भिड़ गया। ही-ही-ही!
समाप्त
आगामी अंक में हवलदार बहादुर का एक और हंसाता, गुदगुदाता कारनामा पढ़िए-
हवलदार बहादुर
और
तीन अपराधी
खरीदना न भूलें

चम्पाकली को एक दिन अपने आंगन में एक बच्चा मिला। वह उसे भीतर ले आई—

क्यों पाठको, पहचाना कौन है चम्पाकली की गोद में? अगर नहीं, तो हम बताते हैं। यह हैं आपके प्रिय हवलदार बहादुर। क्यों, हो गए न हैरान? कैसे हुआ यह? जानने के लिए पढ़ें 'कीप साइलेंस' का उल्लंघन करता और हास्य की सभी सीमाओं को तोड़ता हुआ विशेषांक—

हवलदार बहादुर और डा. सूपड़ा